KAÏSSAR HAMOÛ

L'ÉCHARPE BLEUE

LES CINQ SENS DU POÈTE
ET LES LITANIES AMOUREUSES

CONTES TRADUITS DU PERSAN

PAR

ROGER COLLIN

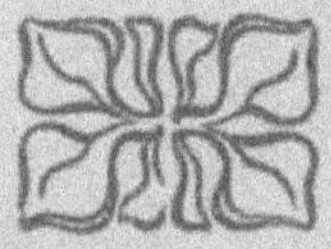

VANNES

IMPRIMERIE LAFOLYE FRÈRES & Cie

1924

KAÏSSAR HAMOÛN

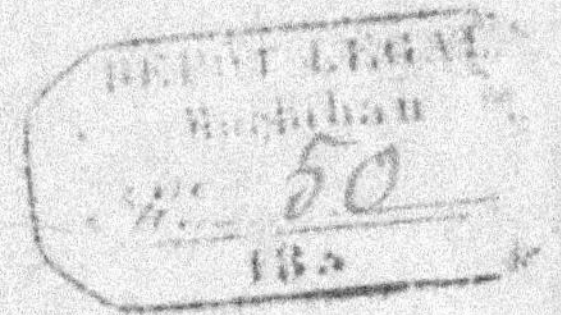

L'ÉCHARPE BLEUE

LES CINQ SENS DU POÈTE
ET LES LITANIES AMOUREUSES

CONTES TRADUITS DU PERSAN

PAR

ROGER COLLIN

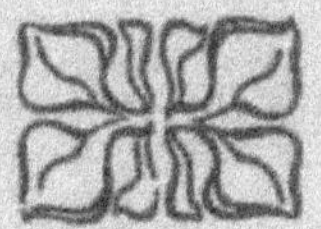

VANNES
IMPRIMERIE LAFOLYE FRÈRES & Cie
—
1924

PRÉFACE

Kaïssar Hamoûn est un poète persan à peu
près complètement inconnu. Il naquit, aux
environs de Chiraz, quelques années après
Saâdi et vécut, à Ispahan, dans la seconde
moitié du XIVe siècle. On connaît peu de
choses de sa vie et de ses œuvres. Celles-ci ne
sont parvenues, jusqu'à nous, que citées et
reproduites, par extraits, dans un manuscrit
arabe, découvert, au début du siècle dernier,
chez un marchand juif de Smyrne. On croit,
aussi, qu'il écrivit un traité d'astronomie qui
aurait été célèbre à son époque, mais on n'en
est pas bien sûr.

« Les Cinq Sens du Poète » et « Les Litanies
amoureuses » qui semblent faire partie d'un
recueil beaucoup plus important et malheu-
reusement perdu, ont été brièvement analysés
par sir Edward Brooklyn, dans son remar-
quable ouvrage sur les littératures orientales.

Ces poèmes paraissent avoir une source d'inspiration assez personnelle. Néanmoins, on y retrouve, parfois, l'influence des poètes mystiques persans du Moyen Age. Certains d'entre eux rappellent les fables de Hafiz et font songer, aussi, à la jolie phrase du vieux chant hindou : « On trouve toujours des roses « fanées à côté d'un rossignol mort ».

Les œuvres de Kaïssar Hamoûn n'avaient pas encore, jusqu'à ce jour, été traduites en français.

LES CINQ SENS DU POETE

I

L'ODORAT

Les derniers rayons du soleil se sont éteints à l'horizon et aucun écho n'a plus répondu à la voix des muezzins. Nous nous sommes accoudés sur le bord de la terrasse et, silencieusement, nous avons regardé venir la nuit.

C'était l'heure insaisissable et fugitive où le jour vaincu va mourir dans le recueillement des choses. Paré pour une lente et somptueuse agonie, il a revêtu sa robe bleue aux tons de turquoise, bleue comme les émaux des mosquées, bleue comme les profondeurs de la mer et dont les plis lourds se chargent, insensiblement, de ténèbres.

Puis, lentement, les ombres épaisses se sont éclaircies. Les étoiles se sont allumées au ciel et la lune est apparue au milieu des nuages. La nature oppressée revenait à la vie pour saluer une nouvelle aurore et une douceur infinie s'est répandue autour de nous.

Tard, dans la nuit, j'ai regagné ma demeure, à travers la ville endormie. Un chien aboya sur mon passage ; une chauve-souris me frôla de son aile et un voyageur attardé pressa le pas à mon approche.

Ce matin, je me suis réveillé dans l'éblouissement d'un soleil radieux. Les oiseaux chantaient dans les arbres et l'air était tout embaumé du parfum des roses et des œillets. Mais j'ai retrouvé sur mon corps, inséparables de moi-même, plus pénétrants que le parfum des fleurs et plus doux que celui de l'encens, l'odeur de ta chair et le parfum de tes cheveux.

II

LE TOUCHER

Nous avons chevauché à travers la plaine brûlée de soleil et les sables du désert s'étendaient, devant nous, comme une mer de feu. Nous avons atteint la lisière de la forêt et nous avons pénétré dans son ombre bienfaisante.

Le faîte des arbres se perdait dans l'éblouissante lumière, mais, au pied des grands chênes, régnait une fraîcheur délicieuse. L'herbe était douce à nos pas et, dans les taillis, fleurissaient des roses sauvages qui semblaient avoir peur du jour.

2

Nous avons quitté la forêt et nous sommes montés, par des sentiers abrupts, le long des torrents desséchés. Nous avons atteint la cime neigeuse des montagnes, où se trouve la source des fleuves et nous avons baigné notre front dans l'eau froide du Mourghâb qui coule dans les ravins ensoleillés.

A notre retour les serviteurs nous attendaient. Ils ont pris nos chevaux couverts de sueur et tu as dénoué ta robe flottante dont les boucles d'argent brûlaient, comme les pierres blanches du chemin. Le sang battait dans tes veines et la fièvre de la course avait empourpré tes joues.

Mais tes seins étaient plus doux que l'herbe de la forêt, où fleurissent les roses sauvages qui ont peur du jour et les parties mystérieuses de ton corps étaient aussi fraîches que l'eau du Mourghâb qui coule dans les ravins ensoleillés.

::::

III

LA VUE

Nous avons jeté, sur les dalles, les lourdes
étoffes venues de Phénicie, les tapis de soie,
pareils aux tapis de prière qu'on voit dans les
mosquées et les peaux de bêtes féroces tuées sur
les hauts plateaux de l'Iran.

Tu as fait jouer la nudité adorable de ton
corps sur la pourpre des tapis de Tyr et sur la
soie des étoffes aux nuances changeantes. Tu as
reposé ta tête à côté de celle de la panthère
douce et terrible et dont la fourrure fauve est
marquée de taches noires.

Tous les bruits de la ville se sont éteints. Pourtant d'invisibles nomades se sont arrêtés sur la route. Ils chantaient une mélopée étrange, lente et rythmée comme la marche des caravanes et leurs voix harmonieuses montaient jusqu'à nous avec l'odeur forte des jasmins.

Il t'a plu, alors, princesse de rêve et de légende, toi dont les aïeux redoutables ont vu tomber des têtes à leurs pieds, de danser, comme une courtisane, sur la terrasse de ton palais, seule, par une nuit d'été, pour ton amant.

Tu as retiré des coffres, en bois de santal, les voiles transparents et légers, les voiles couleur d'aurore et couleur de feu, les voiles gris, couleur de la pluie qui tombe, les voiles jaunes couleur d'ambre et les voiles parfumés, bleus comme le firmament.

Et tu m'es apparue, alors, au son d'une musique lointaine et dans un rayon de lune, danseuse incomparable et inconnue, comme la statue de l'amour drapée dans l'écharpe bleue.

IV

LE GOUT

Un esclave d'Abyssinie a préparé le repas du soir. Il a mis, sur la table de cèdre, les poissons grillés du lac de Nessim, un paon rôti encore paré de ses plumes et un quartier d'agneau bouilli, avec des aromates, dans du vin lourd de Syracuse. Il a disposé, parmi les fleurs, les cédrats et les grenades, les figues mûres, les raisins noirs, sombres comme un ciel d'orage, les raisins blonds, clairs et dorés comme un jour d'automne.

Dans une grande coupe de jade s'irradiait la neige éblouissante des montagnes qu'apportent, chaque jour, les mules aux clochettes tintantes et sur les flancs des amphores de terre brune, toutes pleines du vin léger de Chiraz qui trouble les sens, perlaient des gouttes de rosée.

Nous avons goûté les mêmes fruits. Du même gâteau de miel, les miettes sont tombées autour de nous. De la même grappe, se sont détachés, sous tes doigts agiles, les grains parfumés du raisin.

Mais j'ai repoussé la coupe d'argent que tu me tendais et j'ai bu, sur tes lèvres, couleur de sang, le vin doux et glacé que parfumait ton haleine. De cette coupe merveilleuse, s'est répandue, en moi, une liqueur de mort et de vie qui engourdissait mon âme et qui tendait toutes les forces de mon corps si puissamment que j'aurais pu te briser entre mes bras.

::::

V

L'OUIE

Tu as rencontré, sur ta route, des femmes qui avaient les cheveux rares et la voix aigre. Elles ont raillé ta chevelure et dit que tu ne savais pas chanter. Et toi, Gaïka, tu n'as pas vu que ces femmes étaient méchantes. Ton âme est si pure et ton cœur est si plein d'amour que tu ne comprends pas le mal. Et les méchantes femmes, ô Gaïka, t'ont fait pleurer.

Console-toi, ô mon amie. Un nuage n'obscurcit pas le soleil et le lion du désert ne connaît pas le chacal qui rôde, sournois et cruel, à la tombée de la nuit. Promène, loin de la foule, tes pas légers et ta robe flottante dans les jardins fleuris d'Ispahan. Tu oublieras, parmi les roses radieuses, les ronces qui t'ont déchirée, au passage, dans la poussière du chemin.

Ta voix sait être grave, comme un écho dans la montagne et frêle, comme la chanson du berger. Sur le thème puissant et immuable de l'amour elle brode des arabesques légères et elle s'étend, en nappes profondes, où se reflète le ciel bleu. Dans la fraîcheur des matins transparents, elle a ravi mon oreille, comme un éclat de rire enfantin et joyeux et, dans la sérénité des soirs, elle a fait frissonner mon âme et entr'ouvert, pour moi, les portes de l'éternité.

LES LITANIES AMOUREUSES

PRIERE

Hamoûn, je t'aime, parce que tu es chaste.

Je t'aime, Hamoûn, parce que tu n'as pas la vanité du marchand qui est fier de son or, ni la rudesse du guerrier habitué à la vie des camps, ni la fatuité de l'orateur qui parle sur les places publiques.

Tes baisers ne sont point amers comme ceux des libertins ; ton corps ne s'est point usé dans les bras des courtisanes et tes paroles ne portent jamais en elles l'écho de la colère.

Je t'aime, Hamoûn, parce que tu me protèges ; parce que j'ai confiance en toi ; parce que tu éloignes les dangers de mon corps et le mal de ma pensée.

Hamoûn, je t'aime, parce que j'ai compris, avec toi, la divine harmonie des choses ; parce que tes baisers sont passionnés, mais que tes caresses sont douces et que tes lèvres restent pures.

Je t'aime, Hamoûn, pour toute ma vie.

LES PAS SUR LE SABLE

Tu es venu me voir, Hamoûn, dans le palais
de mon père.

Il t'a fait monter le grand escalier de marbre
que gardent deux sphinx, endormis dans un
silence éternel. La pierre de ses marches est
si dure que les siècles même n'en ont pas terni
l'éclat et que la lame de ton sabre ne pourrait
y faire une entaille.

Après ton départ, j'ai quitté la terrasse qui
borde le fleuve et dont les larges dalles, insen-
sibles et froides, ne disaient rien à mon cœur.
Je voulais revivre ta route sur le sable fin des
allées où tes pas légers avaient laissé leur
empreinte.

Hélas ! Le vent avait déjà soufflé, emportant,
avec lui, un tourbillon de feuilles mortes et des
serviteurs zélés avaient rendu le chemin uni,
comme les vagues qui se retirent sur le rivage
de la mer.

Mais rien ne saurait effacer ce qui, pour une
fois, a troublé le cœur d'une amante et mes
yeux, comme des devins d'amour, ont retrouvé,
sous l'indifférence apparente des choses, la
marque invisible de ton passage.

Les sages sont de grands fous, Hamoûn, qui
voudraient écrire l'histoire sur des tables de
bronze ou de marbre, car il y a plus de joie et
de vie dans des pas tracés sur le sable que dans
des hiéroglyphes d'or gravés sur une stèle de
granit.

LE LÉVRIER BLANC

Nous avons rencontré, sur la route, le lévrier blanc du grand vizir qu'il avait vendu à un marchand de la ville. Il semblait tout triste d'avoir été abandonné et d'avoir changé de maître.

Mais, la nuit suivante, il s'est échappé et, malgré les ténèbres et la distance, il est revenu pleurer à la porte de son ancienne demeure.

Le grand vizir, ému, a rompu le marché et il a repris, avec lui, le chien si fidèle.

Si tu me quittais, Hamoûn, moi aussi, je reviendrais pleurer et frapper à ta porte. Tu me reprendrais, comme le lévrier blanc du grand vizir, car, si tu ne me reprenais pas, je mourrais de chagrin et de désespoir.

Mais, avant de mourir, je prendrais le poignard d'acier bleu qui est à ta ceinture, Hamoûn.

Et je te tuerais.

::::

LA ROSE

Tu es parti, Hamoûn et la face des choses est changée.

La grande route, lumineuse quand tu apparais sur ton cheval hennissant est, maintenant, toute sombre et s'enfonce dans la forêt de hêtres rouges et de chênes si vieux qu'ils ont vu l'origine des mondes.

La demeure est pleine du bruit des serviteurs et, pourtant, elle est vide et silencieuse, puisqu'il y manque le son de ta voix.

Toute la journée j'ai pensé à ton retour. Le soir tombe. Une à une les choses s'endorment et les fleurs fermées se penchent sur leurs tiges, comme si elles allaient mourir.

Seule, la rose éblouissante s'épanouit, encore,
au pied du cèdre majestueux, car elle attend la
venue du rossignol, son mystique amant. Elle
frémit, pleine de désirs et son parfum suave
s'épand, autour d'elle, pour répondre à la voix
harmonieuse qui va, bientôt, s'élever dans la
nuit.

J'ai pressé, sur mes lèvres, la rose amoureuse
toute chaude encore de soleil et j'ai retrouvé, en
elle, Hamoûn, le goût de fruit mûr de ton
baiser.

LA SOURCE

Tu as écouté la source qui chante, intarissable,
dans la vallée. Tu t'es plu à son doux murmure
et sa voix t'a accueilli, fraîche et reposante, sous
les ombres du grand vivier.

M'écouterais-tu si, tout le jour, je te disais que
je t'aime ?

Je voudrais être la source qui coule dans la
vallée, Hamoûn, pour que tu entendes le chant
de mon amour sans te lasser.

LA LAMPE

Les lampes brûlent, dans la mosquée sombre et répandent, autour d'elles, une lueur pâle de veilleuse. Les mèches, baignées d'huile, se consument à peine, comme si elles étaient éternelles.

Mon âme est pareille à ces lampes, quand je suis loin de toi. Elle vacille, hésitante et elle ne perce point les ténèbres qui l'entourent.

Mais quand je te vois, Hamoûn, il me semble que la mèche, tout à l'heure plongée dans l'huile tiède, monte, si haut, si haut, qu'elle s'éloigne de la source même de sa vie.

Sa flamme brille, éblouissante, pareille au soleil qui monte, seul et splendide, à l'horizon.

Mais les fils de chanvre, consumés, vont tomber, un à un, sur les marches glacées du temple et je sens que mon âme, aussi, va mourir, embrasée d'amour, éperdue, pour avoir voulu brûler d'une divine lumière.

⁚⁚⁚

LA CARPE ET L'OISEAU CHANTEUR

Il y avait, autrefois, dans le jardin du sultan, un bel étang rempli d'une eau limpide et qu'entouraient de grands arbres. Dans l'étang vivait une carpe et, dans le plus haut des chênes, un oiseau chanteur qui avait un superbe plumage et, sur la tête, une aigrette rouge couleur de feu.

Par les chaudes nuits d'été, la carpe montait à la surface de l'étang. Elle y faisait des sauts joyeux et les gouttes d'eau retombaient, autour d'elle, tout argentées au clair de lune. Dans son arbre, l'oiseau ébloui la regardait et il chantait, amoureusement, pour son amie.

Mais, un jour, le sultan donna un grand festin et la carpe disparut, emportée par des pêcheurs, sans même avoir pu dire adieu à son compagnon des beaux soirs.

La nuit venue, il chanta éperdument ; mais
rien ne répondit à son appel. Il n'a plus jamais
chanté depuis et l'on croit bien qu'il est mort.

Si je t'ai raconté cette histoire, Hamoûn, c'est
pour te montrer la toute puissance de l'amour.
Il règne, en maître, dans l'univers et le monde
est plein de concerts chantés à sa louange.

Tout est harmonie dans la nature. La fête
finie, tu trouveras des roses fanées à côté des
cordes brisées de la lyre et des papillons, aux
ailes brûlées, à côté des flambeaux éteints.

Et tout est amour. Pour un pauvre poisson
muet qui nageait dans un étang, est mort un
bel oiseau, à l'aigrette rouge, couleur de feu,
qui chantait dans un grand arbre, tout près du
ciel.

::::

Vannes. — Imprimerie LAFOLYE Frères et Cⁱᵉ.

LA
VOYE DE SALVT
OVVERTE ET PREPARE'E
A
MONSIEVR DE LA MILETIERE.

Suiuant les bons sentiments qu'il a, sur trois principaux poincts de la Religion Catholique.

Nostrum est velle, nostrum est currere: Dei, perficere.

A PARIS,
M. DC. XXXV.

PREFACE.

A MONSIEVR
DE LA MILETIERE.

IE ne vous puis pas dire (Monſieur) auec quelle ioye, ny auec quelle ſatisfaction, i'ay leu le Diſcours Latin que vous auez adreſſé à ce grand Cardinal, l'ornement de noſtre ſiecle, & aux glorieuſes actions duquel, quoy que tres-dignement celebrées par voſtre plume, il y a encore tant d'autres choſes à remar-quer, que l'eloquence meſme d'vn Ciceron, ſe trouueroit muette, s'il luy failloit nous les repre-ſenter toutes d'vn front. Ce n'eſt pas auſſi ſans ſujet que ſoubs les heureux auſpices du Roy vous jettez les yeux ſur luy, pour le faire Arbitre de la paix vniuerſelle de la Chreſtienté, n'y ayant point de Perſonnage plus capable que luy, pour faire reüſſir vn deſſein ſi ardamment ſouhaitté d'vn chacun. Car il n'y a entrepriſe ſi haute qu'elle ſoit que ſon eſprit & ſon courage ne ſurmonte, eſtant eſleué comme il eſt au comble de l'honneur & de la reputation, où tout homme vertueux ſçau-roit iamais aſpirer pour rendre ſon nom immor-

A ij

tel. Et tout ainſi que plus le Soleil ſe hauſſe &
s'eſloigne de la terre moins il fait d'ombre : De
meſme plus la gloire de ce ſecond Genie de la
France va croiſſant, moins elle excite d'enuie, parce que ſa vertu eſt ſi inimitable que chacun ſe
contente de l'honorer & de l'auoir en admiration.
Bref, c'eſt de luy de qui noſtre hiſtoire raconte-
ra vn iour à la poſterité qu'il a faict des choſes en
ſon temps vrayement dignes d'eſtre eſcrites, &
qu'il à auſſi eſcrit des choſes vrayement dignes
d'eſtre leuës, d'autant qu'il s'eſt montré n'eſtre
pas moins vtile à la Religion par ſes doctes ouurages, qu'il s'eſt rendu neceſſaire à l'Eſtat par
tant de ſeruices ſignalez, qui ont redreſſé l'authorité du Roy, qui luy ont affermy le Septre à
la main, & qui ont grandement eſtendu les li-
mites de ſon Royaume. Ainſi ces loüanges des
ſiecles aduenir ſeront de tant meilleure odeur,
quelles ſeront lors deſpouillées de toute ſorte d'intereſt, & de la part de ceux de qui ſa memoire les receura & de ceux qui en orront cele-
brer les merueilles. C'eſtoit de ces loüanges là
dont l'Empereur Tybere ſouhaitoit d'eſtre honoré apres la mort, comme eſtants auſſi des images perdurables & qui viuent à iamais dans les eſprits des hommes, ſans redouter les iniures du
temps comme font les ſtatuës & les piramides:
Mais pour iouïr de cette tranquilité vniuerſelle
dont vous deſirez que ce grand Cardinal ſoit en-
tremetteur, il faudroit que nos Voiſins ſecondaſ-
ſent ſes ſainctes intentions & qu'ils euſſent l'ame
ſi pacifique, qu'ils n'excitaſſent point tant de va-

carmes au preiudice du repos commun de la
Chreſtienté. Auſſi ie pers l'eſperance de voir les
choſes reſtablies en leur premiere ſplendeur, iuſ-
qu'à ce que leur ambition ceſſe de vouloir tout,
& d'entreprendre tout. Pourtant (Monſieur) ie
ne m'engageray pas à parler d'auantage d'vne
choſe où ie ne puis contribuer que mes ſimples
vœus; Ie vous entretiendray ſeulemét ſur les trois
poincts de doctrine que vous auez touchez en
voſtre diſcours, à ſçauoir de la Primauté de Sainct
Pierre, de la Saincte Euchariſtie, conſiderée comme Sacrement & encores comme Sacrifice.

Ie vous diray donc d'abord, que ie ne puis que
loüer & approuuer grandement le ſainct deſir
que vous auez de voir vne telle conformité de
foy & de creance entre tous vos Compatriotes,
que comme ils n'ont qu'vn meſme langage, qu'ils
ne reſpirent qu'vn meſme air, & qu'ils ne viuent
que ſous meſmes loix, ils n'adoraſſent auſſi Dieu
que ſous la voûte d'vn meſme Temple, qu'ils ne
participaſſent qu'à meſmes Sacrements, & qu'ils
n'ouyſſent tous que la voix de meſmes paſteurs.
C'eſt vn ſouhait qui tombe en l'eſprit de tous les
gens de bien, & ie ne doute point que ſi ceux de
voſtre religion eſtoient portez de meſme zele que
vous eſtes, que nous ne peuſſions reuoir en nos
iours cette heureuſe reünion. Car parlant ſi inge-
nuëment comme vous faites de la doctrine Catholique, il eſt à eſperer que vous entrerez bien-
toſt dans l'Egliſe, où l'on fait ouuerte profeſſion
de cette meſme doctrine: C'eſt ce qui faiſoit dire
à vn ancien Pere, que quand on eſt vne fois d'ac-

PREFACE.

cord des principaux poinᶜts : il n'eſt plus beſoin que de ſe rejoindre au corps d'où l'on s'eſt ſeparé. Auſſi le nom de Catholique n'eſt pas vn nom de ſimple creance, mais de communion, parce que hors de l'Egliſe on peut bien auoir la Foy & les Sacremens, mais non pas le ſalut. *Quiconque (dit ſainᶜt Auguſtin) eſt ſeparé de cette Egliſe Catholi-que, quelque loüable vie qu'il s'eſtime exercer par ce ſeul crime, qu'il eſt ſeparé de l'vnité de Chriſt, il n'aura point la vie, mais l'ire de Dieu demeure ſur luy.* Ce vous eſt certes vn grand acheminement à voſtre ſalut, que d'auoir de ſi bons ſentimens de la doᶜtrine ancienne de l'Egliſe, mais ie ne puis pas encore pour cela vous qualifier du tiltre de Catholique, que iuſques à ce que ie vous voye reüny à la meſme Egliſe, d'où eſt deriuée iuſques à nous la pureté de cette doᶜtrine que vous repreſentez dans voſtre diſcours. Car cette vnion & adherance eſt ſi neceſſaire pour meriter le nom de Catholique, que les Egliſes d'Affrique le refuſoient aux Donatiſtes, à cauſe qu'ils s'eſtoient ſeparez de la communion de l'Egliſe, & le concedoient neantmoins à ceux dont les meſmes Donatiſtes auoient tiré leur erreur, touchant la reiteration du Baptelme vne fois adminiſtré par les Heretiques. C'eſt ce qui fait que Sainᶜt Vincent de Lerins s'eſcrie en ces termes. *O admirable mutation des choſes, les Autheurs d'vne meſme opinion ſont iugez Catholiques, & les Sectateurs heretiques, les Maiſtres ſont abſous, & les Diſciples condamnez.* Choſe qui eſt confirmée par cet autre Oracle. *La diſſenſion (dit-il) & la diuiſion vous fait heretiques &*

apaix & l'vnité fait les Catholiques. Vous pouuez voir par là (MONSIEVR) que l'Agneau se
doit manger dans la maison, & que comme hors
de l'Arche il n'y auoit que perdition: De mesme
il n'y a salut que dans l'Eglise, & n'y a ailleurs ny
sçauoir, ny eloquence, ny integrité de mœurs, non
pas mesme le martyre qui vous puisse sauuer. *Les
heretiques* (disoit vn sainct Pere) *peuuent bien bastir
des murailles, mais non pas edifier vne Eglise, parce
qu'il n'y a point deux Dieux pour en habiter plus d'v-
ne.* Il n'est pas aussi de la doctrine de l'Eglise comme de la regle Lesbienne qui se ploioit & s'ac-
commodoit à toute sorte de sujet. Car tout ainsi
que Salomon iugea que celle là estoit la vraye
mere de l'enfant qui ne voulut pas consentir
qu'il fust demembré : Aussi l'Eglise cette mere
commune des Chrestiens, ne souffrira iamais que
sa doctrine qu'elle tient inuiolable soit diuisée
ny entamée pour specieux qu'en peust estre le
pretexte. *Il ne nous est pas permis,* dit Tertulian,
*de rien introduire en la Religion de nostre sens parti-
culier.* Chose conforme à l'aduis que nous donne vn autre Ancien, il y a plus de douze cens ans:
quand il dit : *Qu'il ne faut pas mener la Religion
par où bon nous semble, mais la suiure par tout où elle nous guide : & que c'est chose propre à la modestie
& à l'humilité Chrestienne, non de vouloir faire receuoir nos inuentions à la posterité, mais de garder
ce que nous auons receu des anciens Peres. Ce que nous
ferons* (disoit il auparauant) *si nous suiuions l'vniuersalité, l'antiquité, & le consentement. Nous suiuons
l'vniuersalité, si nous recognoissons pour seule &*

PREFACE.

Sed hoc ita demum fiet, si sequamur vniuersitatem, antiquitatem, consensionem. Sequemur autem vniuersitatê hoc modo, si hanc vnam fidem veram esse fateamur, quam tota per orbem terrarum confitetur Ecclesia &c. ib. cap. 3.

Χείρων γὰρ ἡ κακοπιστία τῆς ἀπιστίας. Epiphan. in ancorato.

Instit. li. 4. chap. 20. sect. 8,

Petro inter duodecim Apostolos primatum a Christo fuisse concessum, idque praerogatiuae & prae reliquis peculiare, eo nomine, ipsi datum fuisse quod non modo in ipsius persona hæreret, sed ad successores etiam deuolueretur, &c. Denique, his de causis, Petri Primatus iure & ratione, Episcopum Romanum in Ecclesia regenda merito successorem Petri ha-

vraye foy celle que toute l'Eglise confesse par toute la terre vniuerselle. Nous suiuons l'antiquité de cette sorte, si nous ne nous esloignons aucunement de l'intelligence & interpretation que nos Predecesseurs & saincts Peres ont manifestement tenuë. De mesme nous suiurons le consentement, si nous tenons les definitions & sentences de tous, ou quasi de tous les Prestres & Docteurs de l'antiquité. Pourtant, Monsieur, ie ne doute point qu'en l'estat où vous estes, vous n'embrassiez volontiers ces conseils salutaires, *parce qu'errer aux poincts de la Foy,* (dit sainct Epiphane) *est chose pire que l'infidelité mesme.* Aussi l'esperance que i'ay de vostre conuersion se redouble, vous voyant tenir vn langage si à l'honneur du chef de l'Eglise, que vous recognoissez franchement que nostre Seigneur a laissé à son Espouse, la plus noble de toutes les formes de gouuernement dont les corps & societez de la terre ont accoustumé d'estre regies. En quoy vous ne ressemblez pas à Caluin, qui au mespris de l'Estat Monarchique & domination d'vn seul, prefere l'Aristocratie à tout autre espece de gouuernement, *comme celle* (à son aduis) *qui est le plus à priser.* Vous dites donc en vostre discours, *qu'entre les douze Apostres, Iesus-Christ donna la Primauté à Sainct Pierre, & ce par prerogatiue, & par grace, par dessus tous : cela mesme luy ayant esté accordé, à condition que cet honneur ne s'arresteroit pas en sa propre personne, mais qu'il passeroit à ses successeurs,* & cæt. C'est enfin pourquoy (adioustez-vous à quelques lignes de là) *qu'à raison & par le droict de la primauté de sainct*

Pierre,

PREFACE.

Pierre, l'Euesque de Rome est iustement tenu pour successeur de sainct Pierre, en tout ce qui regarde le gouuernement de l'Eglise. C'est là le langage que vous tenez, & lequel vos Ministres vous ont tesmoigné de n'approuuer nullement, comme estant du tout contraire à leur Anarchie, & à l'Estat confus qu'ils ont introduit au regime de leur Eglise pretenduë, où ils n'admettent aucune superiorité entre eux, estans tous aussi grands maistres les vns que les autres. Chose dont ie ne m'estonne pas, puis que c'est le propre de tous ceux qui se separent de l'Eglise Catholique, d'estre ennemis conjurez de son Chef, & sont tousiours d'accord en cette haine commune, quoy qu'autrement ils soient diuisez entre eux, en presque autant d'opinions qu'ils sont de testes. C'est en quoy le Ministre du Moulin s'est monstré ces iours passez fort iniurieux dans cette Satyre qu'il a escrite contre vous d'vn stile mordant, & semblable à celuy de ses autres ouurages, c'est à dire insolent, calomnieux & plein d'impostures. On sçait qu'il y a trente ans qu'il nous rebat tousiours les mesmes choses, en se forgeant des monstres à plaisir pour les combatre. Car excepté le iuste tesmoignage qu'il n'a pas peu dénier à la vertu & au merite de Monsieur le Cardinal Duc de Richelieu, tout son Libelle n'est parsemé que de mensonges & de fausses suppositions, tant contre le Pape, que contre la Foy Catholique, de laquelle il semble à ce prophane que vous ne puissiez faire profession, *sans renoncer entierement à la doctrine de l'Euangile, & vous souiller d'idolatrie*, comme si les Catholiques estoient autant de mescreans & d'infidelles. Au surplus, il est plaisant, quand apres vous auoir chanté poüilles, il vous prie de prendre ses exhortations en bonne part, s'il vous plaist, comme vous ayant tousiours fort aimé & honoré. O charité reformée & digne de ce venerable pasteur qui auec l'eloquence d'vn Pericles, veut tousiours persuader à ceux qui le portent par terre qu'il n'est iamais abatu, ny vaincu ! Toutesfois puisque vos autres Ministres sont personnages plus moderez que luy, & qui se porteroient mieux à la raison, ie leur diray que s'ils daignent ietter les yeux sur ce petit labeur, auec vn esprit vuide de passion, ils trouueront que par des preuues tres-authentiques ie leur iustifieray que cette creance de la Primauté de sainct Pierre, transferée aux Papes ses successeurs, n'est pas vne doctrine de vostre creu, & que vous ayez inuentée depuis peu. Car auec l'expresse parole de Dieu qui authorise cela, j'y adiousteray le tesmoignage, & la fidelle deposition des Peres Grecs, des Peres Latins, des premiers Conciles vniuersels, des constitutions des Empereurs Chrestiens, & le tout encore confirmé par l'Histoire Ecclesiastique. Tous les autheurs de ces preuues-là ne leur sçauroient estre suspects, ayans escrit comme ils ont dans les quatre & cinq premiers siecles, où vos Ministres confessent que l'Eglise a esté en sa plus grande pureté. Caluin mesme recognoist, *Que c'est chose notoire & sans doute que depuis l'aage des Apostres iusques au temps des saincts Docteurs, il ne s'est fait aucun changement de doctrine, ny à Rome, ny aux au-*

Inst. l 4 ch. 2. sect. 2.

tres villes, &c. Ce n'est pas que Caluin qui estoit
enflé de cet esprit d'orgueil, & de presomption que
sainct Optat reprochoit aux heretiques de son
temps, ne se dressast vn tribunal pour s'esleuer au
dessus de ces saincts Docteurs, & se constituer
Iuge, arbitre, & censeur de leurs escrits : *Mais
comme ainsi soit* (dit-il) *que plusieurs choses ayent esté
escrites sagement & excellemment par ces Anciens
Peres, il leur est aduenu en beaucoup d'endroicts ce qui
auient a tous hommes, qui est de faillir & d'errer.* Et
continuant ses parolles d'honnesteté, il adiouste à
trois lignes de là, *que les saincts Personnages des-
quels il est question, ont ignoré beaucoup de choses,
sont souuent diuers entre eux, & mesmes aucune-
fois contreuiennent à eux-mesmes.* Certes vos Ministres ont cela de propre auec Caluin, qu'ils font
volontiers parade de l'antiquité & des Peres, mais
en effect ce n'est que pour amuser vn peuple igna-
re. Aussi ie leur demanderay ce qu'on demandoit
autresfois à leurs semblables. *Où est l'honneur &
la reuerence que vous deuez à vos Maieurs, ausquels
vous auez renoncé d'habit, de viure, d'instruction, de
sens, & mesme de langage? Vous loüez tousiours l'antiquité & ne viuez neantmoins de iour en iour que de
nouueauté.* Ce ne fut donc pas sans sujet que Ie-
remie Patriarche de Constantinople repartit aux
Ministres d'Allemagne qui luy vouloient faire
embrasser leur confession d'Ausbourg, luy per-
suadant qu'il la trouueroit du tout conforme à
la doctrine des saincts Peres. *Vous honorez &
loüez fort* (leur respondit-il) *les lumieres de l'Eglise, ces graues Theologiens, mais en effect vous les mes-*

Hoc nobis dictat
nutrix vestra super-
bia.

En la Preface de
son Institut.

Vbi religio, vbi
veneratio Maiori-
bus a vobis debita?
Habitu, victu, in-
structu, sensu, ipso
denique sermone
Proauis renunsia-
stis. Laudatis sem-
per antiquitatem
& noue de die viui-
tis Tertul.

Τοὺς τῆς ἐκκλη-
σίας φωστῆρας καὶ
θεολόγους τοῖς λό-
γοις τιμῶντες καὶ

ἐπαίροντες. τοῖς ἔργοις ἀθετεῖτε, ϗ τὰ ὅπλα ἡμῶν ἄχριϛα ἀπολείκνυτε, τῦς ἁγίοις, ϗ θείυς. & cæt. in Respons.

prisez & nous rendez nos armes inutiles, à sçauoir, leurs saincts & diuins escrits. Passez donc vostre chemin, & ne nous escriuez plus touchant les poincts de Religion: mais seulement pour entretient d'amitié, si bon vous semble. Tous vos Ministres en fin, sous feinte & couleur de magnifier l'excellence de l'Escriture, rauallent tant qu'ils peuuent l'authorité des anciens Docteurs, quelque contenance qu'ils facent de les auoir en veneration: Mais afin qu'ils sçachent iusques où les Catholiques leur deferent, & en quel rang d'honneur ils tiennent la parole de Dieu: ie vous diray qu'il n'y a nul d'eux qui ne la recognoisse pour regle, pour compas & pierre de touche de toute doctrine necessaire à salut. Vray est que nous disons, & nos Pasteurs nous l'enseignent, qu'il n'est pas loisible à aucun de traicter l'Escriture à sa fantaisie, ny de vouloir aussi obliger autruy à aucune interpretation priuée, soubs pretexte d'vne imaginaire assistance de la grace de Dieu, ou de quelque autre talent dont vn homme pourra estre doué: Car la promesse de l'esprit d'interpretation n'est pas faite à aucun particulier, mais bien à tout le corps de la vraye Eglise, telle qu'a esté celle des anciens Peres. Si nous voulons donc faire nostre profit du texte de la saincte Escriture, il nous faut recourir à l'interpretation qui a eu cours en l'Eglise primitiue, en laquelle la vraye intelligence des escrits des Apostres a esté baillée de viue voix par eux mesmes à leurs Disciples, & transmise par ceux-cy de main en main à leurs successeurs. Non que nous tenions pour certaine, de certitude de foy

l'intelligence & interpretation d'aucun des Peres,
& anciens Docteus, entant qu'elle prouient d'vn
homme priué & singulier, parce qu'en cela il y au-
roit à douter qu'elle ne se fust acquise par moyen
humain, à sçauoir, par l'effort & operation de la
raison. Mais lors que par vn concert & harmonie,
on voit l'Orient s'accorder auec l'Occident, & le
Midy auec le Septentrion, & que les Peres, quoy
qu'en diuers siecles parlent de mesme bouche, &
escriuent de mesme ancre, alors sans hesiter nous
consentons à leur doctrine, ainsi generalement
receuë & approuuée en l'Eglise, pour bonne.
pour saincte & orthodoxe. Nous faisons aussi
difference entre ce qu'vn Pere parle & escrit de
son sens, ou entre ce qu'il dit & rapporte de l'v-
sage & profession vniuerselle de son siecle, d'autant qu'en ce premier cas son authorité n'est que
particuliere, en l'autre elle tient lieu de vraye histoire. Tellement que nous prenons les Peres ou
comme Iuges, ou comme tesmoins. En qualité
de Iuges, & comme Interpretes de l'Escriture
quelqu'vn des Peres peut auoir vn sens priué, que
nous ne sommes pas tenus d'embrasser, si le consentement vniuersel, comme i'ay dit, ne nous y
oblige : Mais les Peres considerez comme tesmoins, c'est à dire, quand nous remarquons dans
leurs escrits que telle & telle chose, soit de la doctrine, soit des ceremonies, estoit pratiquée en
leur siecle, & qu'elle n'y a pas esté introduite, mais
qu'elle est deriuée des siecles precedents, nous
pouuons en ce cas là embrasser leur tesmoignage, & le receuoir pour veritable. S'il est donc

queſtion & de l'interpretation de l'Eſcriture, & de ſçauoir quel a eſté le regime de l'Egliſe ancienne, de qui le pourriez-vous mieux apprendre que de ces Peres-là, puis qu'en toutes ſortes d'arts & de ſciences les plus anciens ſont volontiers eſtimez les plus experts? C'eſt là où ſainct Auguſtin conuioit les Pelagiens auec leſquels il auoit à demeſler quelque poinct de doctrine, apres leur auoir allegué les ſentences des Peres qui auoient eſté deuant luy : *Ils n'eſtoient (leur diſoit-il) courroucez ny contre vous, ny contre nous, ils n'auoient inclination de faueur, ny pour vous ny pour nous.* Et vn peu apres, *Nous n'auions encore intenté aucune action en voſtre endroict pardeuant ces Iuges là, & toutesfois noſtre cauſe a eſté decidée en leur tribunal : Ny vous, ny nous n'eſtions cogneus d'eux, & nonobſtant nous vous produiſons les arreſts donnez par eux contre vous : Nous ne plaidions point encore auec vous, & neantmoins eux prononçans la ſentence, nous auons vaincu.* C eſt là auſſi où ie vous conuie, vous & vos Miniſtres, afin que par la lecture des paſſages que i'ay fidellement extraits de leurs eſcrits, à la iuſtification de vos trois propoſitions, ils iugent, & vous auec, quels des deux, ou les Catholiques, ou ceux de voſtre Religion ſont plus conformes à la doctrine & creance de l'antiquité. Car s'ils ferment volontairement les yeux à cette lumiere, i en donneray le blaſme à leur ſeule opiniaſtreté : veu meſme qu'en cette ſorte de combat tout le prix & l'auantage demeure du coſté des vaincus, & le victorieux n'en remporte que le contentement que ce luy eſt, de voir de pauures ouailles eſgarées retourner à la Bergerie & faire leur Salut.

Quando de hac cauſa ſentétias protulerunt nulla nobiſcum, vel vobiſcum amicitias attenderunt, vel inimicias exercuerunt & cæt. Auguſt. lib. 2. contr. Iulia.

Nondum apud iſtos Iudices aliquid agebamus & apud eos acta eſt cauſa noſtra. Nec vos, nec nos, eis noti fueramus, & eorum pro nobis contra vos, ſententias recitamus. Nondum vobiſcum certabamus, & eis pronuntiantibus vicimus. ibid.

De la Primauté de Sainct Pierre, transferée aux Papes ſes legitimes Succeſſeurs.

CHAPITRE I.

DISCOVRS
SALVTAIRE
TOVCHANT L'HEVREVSE
conuersion d'vn Seigneur Caluiniste.

A
MADAME SA MERE.

ADAME,

Quand noſtre Seigneur Ieſus-Chriſt nous prote-
ſte en ſon Euangile, qu'il eſt venu au monde pour
y mettre pluſtoſt la diuiſion que la paix, ce n'eſt pas
qu'il ſoit Dieu de diſcorde, ny autheur d'aucune par-
tialité: Mais il nous tient ce langage pour nous en-
ſeigner, que là où il y va du ſalut des ames, & de l'a-
uancement de ſa gloire, on ne doit eſtre retenu d'aucun reſpect humain, qui nous empeſche l'accompliſ-
ſement d'vn œuure agreable à Dieu. C'eſt pourquoy

A

vous considererez (s'il vous plaist) que si Monsieur
voftre fils aifné a en fa conuerfion fait chofe contraire & repugnante à l'obeyffance qu'il vous a toufiours renduë , comme Enfant grandement refpe-
ctueux enuers vne Mere fi fage & fi vertueufe, vous
ne l'en deuez nullement blafmer, veu que le fainct
Efprit luy ayant infpiré vne fi genereufe refolu-
tion , il n'a deu le contrifter , ny fermer les yeux à
cette lumiere. Certes ie ne doute point (Madame) que la creance, en laquelle vous auez efté ef-
leuée dés le berceau , ne vous rende excufable du
zele ardant que vous auez d'y perfeuerer , & de ce
que vous ne pouuez fouffrir qu'auec douleur & dé-
plaifir , que ceux qui font profeffion de cette mefme creance, la quittent & l'abjurent: Mais lors que
defpoüillée de toute paffion , vous voudrez prefter
l'oreille, & entendre les raifons qui ont meu ce valeureux Seigneur à vn changement tant defiré , ie
m'affeure que vous l'en louërez pluftoft, que de luy
en donner aucun blafme. Ce n'eft pas auffi vne a-
ction, où il fe foit porté à la volée, & fans qu'il ne
fe foit fuffifamment faict inftruire, auant que de fe
ietter au gyron de l'Eglife Catholique. Eglife, qu'il
recognoift auiourd'huy pour l'vnique Efpoufe du
Fils de Dieu, & laquelle feule en porte auffi toutes
les marques fur le front. C'eft elle feule qui peut fe
glorifier de la Chaire de verité, qui eft (dit vn Ancien) fon plus precieux dot, l'ayant toufiours rem-
plie de legitimes Pafteurs , par vne fucceffion perpetuelle & non interrompuë. C'eft elle feule qui fe

peut vanter des miracles & du fang des Martyrs,
dont elle a eſté arrouſée en ſa naiſſance, comme vne
plante floriſſante , & qui eſt deuenuë enfin ſi grande, qu'elle couure maintenant de ſes rameaux toute
la terre habitable. C'eſt cette Cité eſleuée ſur la montagne , qui a toufiours eſté expoſée aux yeux d'vn
chacun, & qui par ſa viſibilité a attiré à ſoy la mul-
titude des Peuples & des Nations les plus éloignées.
Elle ſeule a triomphé de toutes les Hereſies qu'elle
a veu ſ'écouler, comme autant de torrens qui paſ-
ſent en vn moment. Elle ſeule a veu toutes les viciſ-
ſitudes & mutations des Empires , ſans qu'elle ait
ſouffert aucune decadence , ny qu'elle ſe ſoit ébran-
lée, non plus qu'vn ferme rocher au milieu des ora-
ges & des tempeſtes. Elle ſeule a toufiours eu les
Roys & les Monarques du monde pour ſes nour-
riſſiers, & pour ſes deffenſeurs. A elle ſeule appar-
tient, comme vne iuſte poſſeſſion, tous les Conciles generaux , toutes les Hiſtoires Eccleſiaſtiques ,
tous les Eſcrits des ſainæs Docteurs, & tous les plus
anciens Temples & Monaſteres, leſquels quoy qu'-
inanimez ſemblent témoigner tous d'vne voix &
ſon antiquité & ſa perpetuelle durée, contre la ra-
ge & les efforts de ſes ennemis , qui en la penſant
opprimer l'ont toufiours plus exaltée. C'eſt enfin
(Madame) dans le ſein de cette Egliſe Catholique ,
où Monſieur voſtre filsiouyt maintenant d'vn doux
& gracieux repos en ſa conſcience , puis qu'il croit
fermement que par tout ailleurs on ne peut faire ſon
ſalut, quelque ſaincte & innocente que ſoit la vie de

A ij

celuy qui eſt ſeparé de ſon vnion, & de ſon adhé-
rence. Que les Miniſtres de France, d'Angleterre,
de Holande, & d'Allemagne faſſent tant qu'il leur
plaira comparaiſon de leur Egliſe pretenduë à celle
là, & ils trouueront qu'il n'y a pas moins de difference de l'vne à l'autre, qu'il y a entre la lumiere &
les tenebres. Car leur ſeule nouueauté qui en faict
de Religion eſt touſiours ſuſpecte, leur petite eſten-
duë, leur Anarchie, le manque des titres d'vne vo-
cation legitime, le defaut de predeceſſeurs autres
qu'Heretiques, à qui ils ayent ſuccedé en creance, le
peu d'vnion & de concorde qu'il y a entre eux meſmes, ſoit en la doctrine, ſoit aux ceremonies, les
conuainquent aſſez qu'ils ne ſont qu'autant de troup-
peaux débandez de la vraye bergerie, & que comme ſarments inutiles & retranchez de la vigne du Seigneur, ils ne ſont membres viuans du corps de cette
Egliſe, que l'Apoſtre dit eſtre la colomne, le firmament de verité, & laquelle ſeule a les promeſſes de
la perpetuelle aſſiſtance du ſainct Eſprit. Qu'on demande auſſi à ces nouueaux Reformateurs, où eſtoit
leur Egliſe ideale, auant l'arriuée d'vn Luther & d'vn
Caluin, ils ſont muets comme des poiſſons, & ne
ſçauent que reſpondre. Tantoſt ils la font naiſtre
du temps des Apoſtres, ſans qu'ils ayent rien d'A-
poſtolique, & ne pouuans iuſtifier qu'elle ait ſubſi-
ſté long temps, qu'elle ait eſté viſible de ſiecle en
ſiecle, & en oüailles, & en Paſteurs, ils luy font faire vn plongeon qui la faict diſparoiſtre, iuſques à
ce qu'ils la remettent ſur le theatre. C'eſt pourquoy

ils nous voudroient faire accroire en leur Confeſ-
ſion de Foy, *Que l'Eſtat de l'Egliſe ayant eſté interrom-* Article 27.
pu en leur temps, Dieu a ſuſcité des gens d'vne façon
extraordinaire pour dreſſer l'Egliſe qui eſtoit en ruyne
& deſolation. Certes venir l'eſpée & le piſtolet à la
main, planter vne nouuelle Egliſe en renuerſant les
Autels de celle dont ils ſortoient, ie leur accorde volontiers que ce procedé là eſtoit vrayement extraordinaire. Qu'on demande d'ailleurs à ces Meſſieurs,
ſ'ils ne veulent pas admettre tous les anciens Peres
pour iuges & arbitres de nos controuerſes, ils les ac-
ceptent en apparence, mais ils les reiettent en effect,
les voulans pluſtoſt ſoumettre à leur cenſure, que
de ſubir leur exament. De ſorte que ſe ſentans
conuaincus par la depoſition des témoins qu'ils re-
doutent, ils ſe iettent à couuert dans l'Eſcriture,
comme dans vne eſpoiſſe foreſt. Ils ne reçoiuent
toutefois de ſes liures, que ceux que bon leur ſem-
ble, & encores auec reſerue de les interpreter à leur
fantaiſie, ſans vouloir iamais ployer au iugement
d'aucun Tribunal, qui trenche & decide de nos diffe-
rents. Ils n'admettent non plus aucunes traditions
Apoſtoliques, *auſquelles nous ne deuons adiouſter moins*
de foy, qu'au texte de l'Eſcriture, ainſi que nous en-
ſeigne vn ſainct Chryſoſtome, les propres mots duquel i'employe en la marge de ce Diſcours, non pour
parler Grec à vne Dame, mais pour plus grande iuſtification de la cauſe de l'Egliſe à ſes Miniſtres. Bref
(Madame) ces gens là, pour vous enlacer touſiours
plus eſtroitement dans les liens de leurs erreurs, & de

δῆλον ὅτι οὐ.
πάντα δι' ἐπι-
ςολῆς παρεδί-
δοσαν, ἀλλὰ
πολλὰ καὶ ἀ-
γραφος, ὁ-
μοίως δὲ κἀ-
κεῖνα καὶ ταῦτα
εἰσιν ἀξιόπιςα.
Chryſ. in 2.
ad Theſſ. c. 2.

leurs fauſſes opinions, n'ont point d'artifice plus aduantageux, que de vous déguiſer la creance de l'Egliſe, & de vous la repreſenter toute autre qu'elle n'eſt, ſemblables qu'ils ſont à ces oyſeaux immondes, qui contaminoient de leur attouchement les choſes les plus pures. Qu'ils vous parlent du Pape, qui vray ſucceſſeur de Sainct Pierre, eſt tenu pour Chef de l'Egliſe Catholique ſous Ieſus-Chriſt, & dépendant ſi abſolument de ſa diuine auctorité, qu'il ne nous confere, ny diſtribue aucunes graces ſpirituelles, qu'en vertu de ſon ſainct nom, & par l'efficace des Sacremens qu'il a inſtituez en ſon Egliſe, auſquels le Pape meſme participe pour ſon propre ſalut, comme font tous les autres Chreſtiens, lequel neantmoins vos Miniſtres vous dépeignent, comme s'il eſtoit cét Antechriſt, ce fils de perdition, qui doit tout ruiner & détruire à ſon aduenement. Qu'ils vous parlent de l'Egliſe Romaine, que nous tenons comme le Centre de la Religion Catholique, en ce que par les prerogatiues que luy donne le ſainct Siege Apoſtolique, elle influë l'vnité à toutes les autres Egliſes, tout ainſi qu'en vne armée nauale la Galere generale donne & influë tous les ordres militaires aux autres Galeres particulieres, contre laquelle Egliſe Romaine ces Contrôlleurs blaſphement ſans ceſſe, & vous la repreſentent comme vne Babylone, & comme vne ſentine d'abus & de ſuperſtition. *O heureuſe Egliſe, en laquelle les Apoſtres ont épandu toute leur doctrine auec leur ſang!* diſoit vn Ancien, il y a plus de treize cens ans. *Rome* (dit vn autre Pere) *que la principauté du Sacerdoce Apo-* *stolique a fait plus grande par le throsne de la Religion,* *que par celuy de l'Empire, & laquelle s'estant faict Chef* *de tout le monde par cette dignité spirituelle, possede par* *la Religion ce qu'elle ne tient pas par les armes.* S'ils vous parlent des Images de nos Eglises, lesquelles nous exposons aux yeux des Peuples, pour les induire à imiter la vie des Saincts qu'elles representent; tout ainsi que les Payens dressoient des statues aux places publiques, en l'honneur de ceux qui auoient dignement seruy la Republique, à fin d'exciter leurs Concitoyens à suiure cette mesme vertu: vos Ministres neantmoins declament contre cela, comme si nos Images estoient autant d'appasts d'idolatrie, & comme si l'Eglise ne condamnoit point l'ignorance de ceux, qui leur deferent plus qu'ils ne doiuent, par vn zele intemperé. Car si nous flechissons le genoüil deuant vn Crucifix, *nous n'adorons pas la pierre, ny le bois, mais Iesus-Christ qui est representé par cette figure,* comme dit sainct Iean Damascene. S'ils vous parlent de la Messe, que nous tenons pour vn sacrifice de Religion, que l'on offre à Dieu en perpetuelle memoire & celebration du sacrifice general, absolu, & independant, qui est celuy de la croix, dont cétui-cy nous applique le merite, & qui offrant à Dieu la mesme victime, quoy qu'en diuerse maniere, & sans effusion de sang, est vrayement Sacrifice propitiatoire, en ce qu'il nous fait participer aux graces qui nous sont acquises par la mort de nostre Sa]ueur, qui est nostre vraye propitiation.

Rama propter Sacerdotij principatum amplior facta est arce religionis, quàm solio potestatis. Prosp de vocat. gent. lib. 2. c. 6.

Id. lib. de Ingratis.

ἐκ ὕλης τιμῶντες, μὴ γένοιτο, ἀλλὰ τῷ τύπον, ὡς Χριστοῦ σύμβολον.

Damasc orth. fid. l. 4 c. 12.

Tum quia huius Sacramenti celebratio, imago quædã est Passionis Christi, tum etiam quia per hoc Sacramentum participes efficimur fructus Dominicæ Passionis, conuenienter dicitur Christi immolatio. D. Th. 3. p. q. 83. art. 1.

ἀθύτως ὑπὸ τῷ ἱερέων θυόμενος. Conc. Ephes

Ces beaux Cenſeurs ne laiſſent pas pourtant de ca-
lomnier l'Egliſe Catholique ſur cette creance, comme ſi elle enſeignoit, que le ſacrifice vne fois faict
en la croix ne fuſt pas ſuffiſant pour noſtre redem-
ption. Sainct Irenée il y a quatorze cens ans, parlant de l'inſtitution du ſainct Sacrement par noſtre
Seigneur, *Il enſeigna* (dit-il) *la nouuelle oblation du
nouueau Teſtament, laquelle l'Egliſe ayant receuë des
Apoſtres, elle l'offre par tout le monde à Dieu.* Et quant
à l'adoration que nous rendons à la ſaincte Hoſtie
de l'Autel, c'eſt choſe qui s'eſt faicte de tout temps:
vn ſainct Auguſtin nous exhortant, *que perſonne ne
mange la chair de Chriſt, qu'il ne l'ait premierement a-
dorée :* & dit, *que nous ne pechons pas en l'adorant, mais
que nous pecherions grandement en ne l'adorant point.*
Non que pour cela vos Miniſtres nous doiuent tenir pour idolatres, comme ſi nous n'adorions que
les ſimples eſpeces du pain, ſous leſquelles eſt con-
tenu par vne exiſtence ſacramentale le vray corps
de noſtre Seigneur, non plus que quand nous dreſ-
ſons nos yeux en haut, & que les mains iointes nous
regardons vers le Ciel, ce n'eſt pas le Soleil, ny les
eſtoiles que nous adorons, & que nous reclamons,
mais Dieu ſeul inuiſible, qui eſt par deſſus la vou-
te des Cieux. Et parce que tout ſacrifice eſt vn de-
uoir & hommage, que la creature rend au Createur,
& lequel elle ne doit qu'à Dieu ſeul, il importe
pour plus grande dignité & reuerence, que l'Egliſe
celebre celuy de la Meſſe en vne langue qui ne chan-
ge iamais, comme font les langues vulgaires, eſtant

neant-

*Noui Teſta-
menti nouam
docuit oblatio-
nem, quam
Eccleſia ab A-
poſtolis accipiẽs,
in vniuerſo
mundo offert
Deo, &c.
Iren. lib. 4.
cap. 32.
Nemo autem
illam carnem
manducat, ni-
ſi priùs adora-
uerit, &c. Au-
guſt. in Pſ. 98.*

neantmoins loifible à chaque particulier de faire fes
prieres au langage que bon luy femble. Si vos Miniftres vous parlent auffi de la fainᵈe Euchariftie con-
fiderée comme Sacrement, & laquelle par la vertu
de la benediᵈion du Preftre nous eft exhibée, pour
nourriture fpirituelle de nos ames, en la reelle conuerfion qui fe faiᵈ de la fubftance du pain, qui de
pain commun paffe en vne fubftance plus forte, plus
digne, & plus viuifiante, à fçauoir en la fubftance
du corps de Iefus-Chrift, tout ce que le fainᵈ Efprit
touche eftant entierement fanᵈifié, & tranfmué,
fans toutesfois que ce mefme corps enleué au Ciel
apres fa glorieufe refurrection defcende de là, que iuf-
ques au iour de fon dernier aduenement, comme
nous enfeigne toute l'Antiquité. Car mefme felon
la commune doᵈtrine de l'Efchole, *Il ne fe faiᵈ en
ce myftere aucune mutation au corps de noftre Seigneur,
veu que les paroles de la confecration n'agiffent pas fur
fon corps, mais fur le pain qui eft conuerty en fa fubftance, & qui par confequent caufe fa prefence en l'Euchariftie.*
De forte que le pain ainfi confacré par des paroles
fecrettes & myfterieufes, contient tout autant de
l'effence du corps de Iefus-Chrift, que le mefme
corps naturel & vifible, en fe communiquant d'en
haut à la fainᵈe Euchariftie, non par forme de diui-

*Cyril. Hier.
cath. myft. 5.*

*Greg. Nic.
orat. cathec.*

*Id. lib. de ba-
ptif.*

*Theoph. in
Ioan. c. 6.*

καὶ μετέχεται, ἀλλ' ὅτι αὐτὸς ὁ ἄρτος καὶ οἶνος μεταποιοῦνται εἰς σῶμα καὶ αἷμα θεοῦ. *Damafc. orth.
fid. lib. 4. c. 14.*

*Ad hoc mirabile opus nullam fieri mutationem in corpore Chrifti, cùm verba non agant in corpus
creando ipfum, nec ex abfente aliqua materia procreando, nec generando, nec euocando è cœlo: fe-
quitur ut folùm agendo in panem operentur prafentiam eius. Card. Alan. lib. de facra Euch. cap. 34.*

*Manifeftum eft, quòd corpus Chrifti non incipit effe in hoc Sacramento per motum localem, &c.
Ideo relinquitur quòd non poffit aliter corpus Chrifti incipere effe de nouo in hoc Sacramento, nifi per
conuerfionem panis in ipfum. D. Thom. de facr. Euch. quæft. 75 art. 2.*

fion , comme l'eau communique fa fubftance aux parterres qu'elle arroufe , mais par forme d'impref-fion , fans déchet de fon effence : *tout ainfi (dit cét ornement de la Grece il y a plus de mil ans) qu'vn mefme & vnique cachet tranfmet tous fes characteres , & toutes fes formes aux chofes qui le participent, & demeure neantmoins vn & mefme apres la communica-tion non diminué ny diuerfifié felon les fuiets qui le reçoi-uent , encores qu'ils foient plufieurs en nombre.* Comme le Pere communique auffi impreffiuement fa pro-pre fubftance au Fils, & qui pourtant eft dit eftre le charactere de la fubftance du Pere ; ainfi la fubftan-ce du corps de Iefus-Chrift fe communique au pain par vne operation ineffable, encores qu'il nous ap-perçoiue n'eftre que fimple pain. *Pource donc (dit* fainct Cyrille) *que la chair du Verbe a efté faicte viui-fiante , comme vnie à celuy qui eft la vie par fa nature , à fçauoir au Verbe de Dieu ; quand nous la mangeons , a-lors nous auons la vie en nous mefmes , eftans vnis à elle, comme elle eft vnie au Verbe qui habite en elle :* Contre laquelle verité neantmoins vos Miniftres vous en-tretiennent de contes fabuleux, comme fi nous n'ef-tions qu'attachez groffierement à ce que nos fens conçoiuent, & que nous ignoraffions qu'en ce my-ftere *tout y eft diuin, fpirituel, fans rien de charnel, & fans aucune confequence naturelle,* comme nous ap-prend cét Oracle de l'Orient defia allegué. Auffi quand il demande que c'eft qu'entendre charnelle-ment, *C'eft (dit-il) regarder fimplement aux chofes pre-fentes, & n'imaginer rien dauantage : car il ne faut pas*

Notes marginales :

καὶ μία μᾶλλον μετὰ τὴν δόσιν, καὶ ἐλαττωθὲν, οὐδὲ ἀλλοιου-μένη πρὸς τὰ μετέχοντα, &c. Nic. in Alex. l. 3.

ἀρρήτῳ ἐνερ-γείᾳ μεταποι-εῖται, κἂν φαί-νηται ἡμῖν ἄρ-τος. Theoph. in Ioan.

ὅταν αὐτῆς ἀπογευσώμεθα τότε τὴν ζωὴν ἔχομεν ἐν ἑαυτοῖς, &c. Cyr. in Ioan. c. 6.

θεῖα ἢ πνευ-ματικά ἐστι, οὐδὲν ἔχοντα σαρκικόν, οὐδὲ ἀκολουθίαν φυσικήν. Chryf. in Ioã. homil. 46.

que nous iugions par les choſes veuës, mais penetrer tous les myſteres auec les yeux interieurs, c'eſt entendre ſpirituellement. Tout ainſi donc que la nature blanchit le ſang des nourrices, & en faict du laict à fin d'oſter toute horreur aux enfans : De meſme noſtre Seigneur nous donne ſa chair à manger, & ſon ſang à boire ſous le voile du Sacrement, & d'vne maniere qui ne bleſſe nos yeux, & qui n'offence nos ſens. Ce n'eſt pas auſſi (dit vn ſainct Pere) *ce qui ſe void qui nourrit, mais ce qui ſe croit,* à ſçauoir le corps de Ieſus-Chriſt, qui eſt ſous les eſpeces viſibles, & lequel nous n'apperceuons pas, mais nous croyons qu'il y eſt veritablement & ſubſtantiellement. Car le propre de toute ſubſtance eſt de n'eſtre compriſe que par l'intellect, n'y ayant que les ſeuls accidents qui ſoient recueillis des ſens. Auſſi le but de la conſecration, eſt de conuertir vne ſubſtance en autre ſubſtance, & non pas des accidents en autres accidents. C'eſt pourquoy nous ne conſiderons pas en la ſaincte Euchariſtie les accidents du corps de Ieſus-Chriſt, auec les conditions naturelles des corps, à ſçauoir auec leur ſurface, qualité, dimenſion, extenſion & occupation de lieu. Nous ne mangeons pas auſſi comme des Cyclopes, *la chair de Ieſus-Chriſt en ſa propre eſpece, mais Sacramentalement,* dit S. Thomas, c'eſt à dire qu'elle n'eſt pas en l'Euchariſtie circonſcriptiuement, comme les corps naturels, ny definitiuement comme les eſprits: mais elle y eſt par vne troiſieſme & ſpeciale maniere d'eſtre, que l'Eſchole appelle Sacramentale, laquelle maniere de participer à la chair de Iesus-Christ est si ineffable, qu'vn ancien Pere confesse, *qu'elle ne se peut comprendre auec l'entendement, ny exprimer auec la langue, mais seulement venerer auec le silence & la foy, qui passe par dessus tout intellect.* Tellement (Madame) qu'il resulte de cette ancienne creance, qu'en la saincte Eucharistie nous sommes vnis au corps de Iesus-Christ d'vne vnion reelle & substantielle, & non par vne simple habitude intellectuelle & mentale. *Si quelqu'vn (dit ce mesme Ancien) mesle de la cire dans d'autre cire, & les fond ensemble au feu, il en faict vne de toutes les deux : Ainsi par la participation du corps de Christ & de son precieux sang il est en nous, & nous derechef sommes conioints à luy. Car ce qui est né corruptible ne peut autrement estre viuifié, sinon qu'il soit vny corporellement au corps de celuy qui par sa nature est la vie, c'est à dire du Fils vnique.* Mais quand Iesus-Christ est dit habiter en nous par la foy, cela se doit entendre de sa seule diuinité, & par ces deux autres vertus Theologales, la charité & l'esperance, lesquelles infuses en nos ames les illuminent, les eschauffent & les esleuent en haut pour aspirer aux choses celestes & incorruptibles. Sur ce qu'on ne donne la communion aux Laïques que sous l'espece du pain, cela n'empesche pas l'integrité de la chose contenuë au Sacrement, ou que la grace & l'vtilité de la communion en soit moindre, le sang n'y estant pas separé du corps. L'Eglise qui perpetuellement assistée du sainct Esprit en a peu donner la dispense, l'a tousiours ainsi pratiqué, soit lors que les premiers Chrestiens au temps des

τὸ δὲ ὅπως οὔτε νῷ καταληπτὸν, οὔτε γλώττῃ λεκτόν, σιωπῇ δὲ καὶ πίστει τῇ ὑπὲρ νοῦν τιμώμενον.
Cyril. in Ioā.

εἰ γὰρ τῶν ἑτέρων ζωοποιηθῶ δύνασθαι τὸ φθείρεσθαι πεφυκός, εἰ μὴ συνεπλάκη σωματικῶς τῷ σώματι τῆς κατὰ φύσιν ζωῆς, τουτέστι τοῦ μονογενοῦς. Id.

perſecutions emportoient en leurs maiſons la ſaincte
Euchariſtie, pour y communier au beſoin, ſoit qu'ils
la portaſſent ſur la mer pour preſeruatif, comme S.
Ambroiſe témoigne de ſon frere, ou ſoit qu'on la
reſeruaſt pour la conſolation ſpirituelle des malades,
comme il appert par l'Hiſtoire Eccleſiaſtique, qu'elle fut enuoyée ſous la ſeule eſpece du pain au vieillard
Serapion mourant, ainſi que rapporte Euſebe il y a
plus de douze cens ans. Meſmement ſainct Thomas
témoigne que de ſon temps cela eſtoit indifferent,
pluſieurs Egliſes communians ſous les deux eſpeces,
les autres ſous vne ſeule. Si vos Miniſtres ſe mon-
ſtrent donc peu conſcientieux en tout ce qui regarde la doctrine de l'Egliſe, ils n'eſpargnent non plus
ſes Paſteurs, ne iugeans pas que ſ'il y en a quelques-
vns de qui la vie ne reſponde à leur profeſſion, ils ſont
ſemblables au flambeau qui ſe conſomme en eſclai-
rant à autruy, leur miniſtere operant par vne diuine
vertu, de laquelle ils ſont inſtrumens, & non par le
merite de leurs perſonnes. Ce n'eſt pas que ſi on faict
comparaiſon de ces gens là, à la plus grande partie
de nos Eccleſiaſtiques, on les trouuera beaucoup au
deſſous d'eux, ſoit pour les mœurs, ſoit pour la ſuffi-
ſance. Car graces à Dieu ce ſiecle eſt autant fertile,
que ſiecle qui ait iamais eſté, en graues & doctes Prelats, qui ne ſe rendent pas moins venerables par leur
vie exemplaire, que par leur ſçauoir eminent, ainſi
que leurs eſcrits en font foy. Voila (Madame) ce
que Monſieur voſtre fils a peu apprendre de la pure
doctrine de l'Egliſe, que vos Miniſtres broüillent &

A iij

Tertul. l. de
orat. & ad
vxor. l. 2.
Cypr ſerm.
5. de lap.
*Sanctum Do-
mini in arca.*

De obit. frat.
Ambr.

Euſeb.hiſt.
Eccl.l.6.c.36

*Ideo prouidè in
quibuſdam Ec-
cleſiis obſerua-
tum, vt populo
ſanguis ſumē-
dus non detur,
ſed ſolùm à Sa-
cerdote ſuma-
tur.* D.Thom.
p 3.quæſt.80.
art.12.

*Miniſtri Eccle-
ſiæ neque à pec-
catis mundant
homines ad
Sacramenta
accedentes,ne-
que gratiam
conferunt ſua
virtute,ſed hoc
facit Chriſtus
ſua poteſtate
per eos, velut
quædam in-
ſtrumenta.* Id.
3.part.quæſt.
63. art.5.

sophiſtiquent par leurs fauſſes ſuppoſitions, dont ils ſurprennent les plus credules, pour la leur rendre o- dieuſe: Mais n'eſtoit que ie craindrois de vous en- nuyer d'vn trop long diſcours, il me ſeroit facile de vous iuſtifier qu'il n'y a aucun poinct de Religion, que l'Egliſe Catholique profeſſe auiourd'huy, qui n'ait eſté creu & pratiqué vniuerſellement en tous les ſiecles, & meſmement dans les quatre & cinq pre- miers, où Caluin confeſſe que l'Egliſe a eſté en ſa plus grande pureté. Comment pourroit donc maintenant rougir & baiſſer les yeux ce valeureux Seigneur, d'a- uoir fait ce qu'il a fait, puis qu'il a pour exemple tant de Peuples & de Nations qui viuent & meurent con- ſtamment dans l'Egliſe, où Dieu luy a fait la grace de ſe ranger? Pourtant (Madame) eſſuyez vos larmes, ceſſez le chagrin que vous a apporté cette heureuſe conuerſion, & attendant que Dieu vous touche le cœur de meſme ſentiment, beniſſez cette ieune Da- me ſon Eſpouſe, laquelle non moins ornée des dons de l'eſprit, que tres accomplie des beautez du corps, a contribué tout ce qu'elle a peu de ſes vœus, de ſes ſoings & de ſes prieres à Dieu, pour voir eſclorre à ſon contentement vne œuure ſi ſaincte, & dont les An- ges ſe reſioüyſſent au Ciel. Elle a fait à l'endroit de ce cher mary ce que la Reyne Chlotilde fit iadis pour la conuerſion de Clouis le premier Chreſtien de nos Roys: Mais ſi voſtre plus ſanglante douleur eſt que ce braue fils ait ainſi renoncé contre voſtre volonté à la Religion, où feu Monſieur ſon pere eſt decedé, & non pas eſleué en ſa ieuneſſe; conſiderez ſ'il vous

plaiſt, combien ce luy eſt choſe beaucoup plus glo-
rieuſe & plus digne de loüange, d'auoir repris l'ancienne creance de ſes Ayeux, qui ont tous eſté ſi
affectionnez à la Religion Catholique, qu'il eſt
ſorty de ſa tres-illuſtre Maiſon, des Prelats qui
ont autresfois remply le ſainct Siege Apoſtolique;
comme auſſi (Madame) on a veu des Princes de
voſtre tres-celebre, & tres-renommée Maiſon
monter à la Dignité Imperiale, en faueur de leur
vertu, & de leur zele incomparable à la Religion
Catholique, laquelle auſſi ils protegeoient de leurs
armes en ces temps là. C'eſt donc vers la tige &
vers la ſource primitiue de vos races que vous deuez
tous ietter les yeux, & ne vous arreſter pas à ce que la
miſere & la corruption de ce dernier ſiecle a fait
naiſtre de contraire à la foy de tous vos plus anciens
Peres. Auſſi eſt-ce le conſeil ſalutaire, qu'a prudem-
ment ſuiuy Monſieur voſtre fils, & cét autre valeureux Seigneur Duc & Pair de France ſon Couſin
germain, leſquels tout autant de fois que vous
leur demanderez raiſon de leur creance, & pourquoy ils vous ont quittez, ils vous diront tous deux
la meſme choſe que reſpondoit ſainct Auguſtin, qui
d'Heretique deuint Catholique. *A fin donc (diſoit-
il) que i'obmette cette ſapience que vous niez eſtre en l'E-
gliſe Catholique, il y a beaucoup d'autres choſes qui me
retiennent tres-iuſtement en ſon gyron, le conſentement
des Peuples m'y retient, l'auctorité commencée par miracles, nourrie par eſperance, augmentée par charité, confirmée par antiquité m'y retient. La ſucceſſion des Eueſ-*

quès depuis sainct Pierre, à qui le Seigneur consigna la pasture de ses oüailles apres sa resurrection iusques au present Episcopat, m'y retient. Et finalement le nom mesme de Catholique m'y retient, lequel non sans cause cette Eglise seule entre tant d'Heresies a tellement obtenu, qu'encores que les Heretiques veulent estre appellez Catholiques, neantmoins quand vn Estranger leur demande où s'assemble l'Eglise Catholique, il n'y a nul qui leur ose monstrer son Temple, ny sa maison. C'est le mesme langage (Madame) que vous tiendrez vn iour (Dieu aydant) & quand il vous plaira de penser serieusement à vostre salut. Chose que ie vous souhaitte auec autant d'affection, que ie suis veritablement vostre tres-humble & tres-obeyssant seruiteur,

PELLETIER.